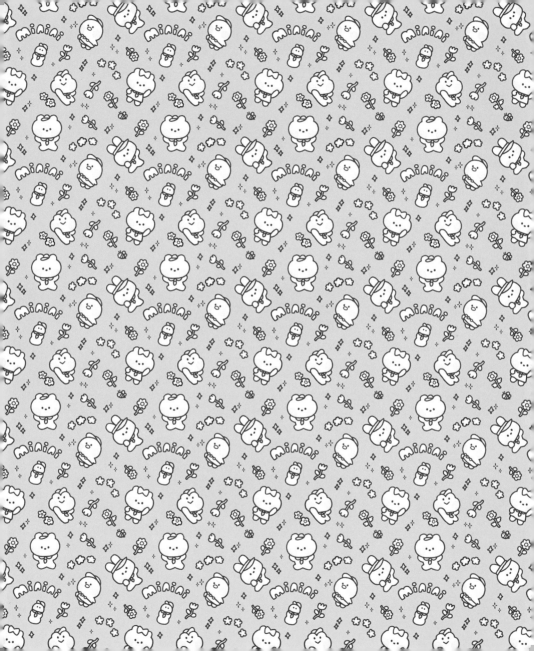

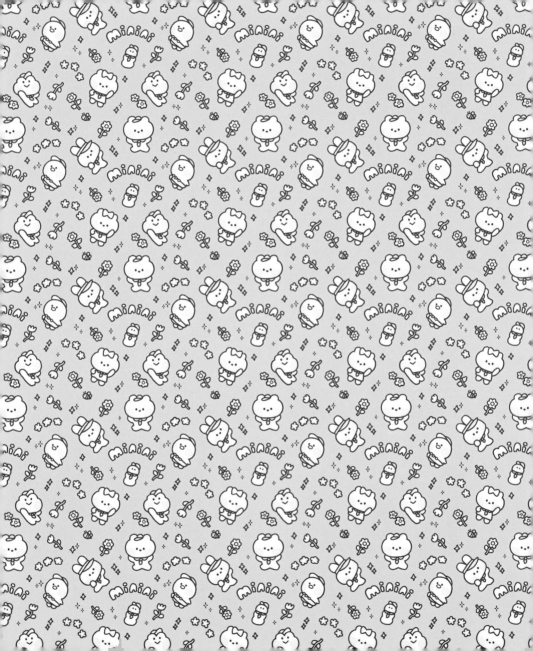

# LINEFRIENDS

# 인간 세상에서 짱이되쟈!

미니니의 이생저생갓생 도전기

우연한 기회에 마법봉을 얻게 된 샐리가
엉뚱한 주문을 외우다 한눈판 사이, 얼떨결에 탄생하게 된 미니니들.

세상에 대한 넘치는 호기심과
하고 싶은 건 꼭 해야 하는 고집을 가졌지만
하찮고 쬐꼬만 미니니들에게 세상은 호락호락하지 않다.

하지만 남들의 시선 따위에 굴하지 않는 미니니들은
그저 '내가 귀여운 탓이지~'라고 정신 승리하며 말해도 괜찮은 매일을 만들고 있다.

# · 차례 ·

# · My Profile ·

photo

★ 미니니 스타일로 이름을 짓는다면?

★ 멋진 내일을 위해 오늘을 즐기는 난 어떤 성격?

★ 올해 내가 이루고 싶은 목표가 있다면?

# · 나를 표현하는 단어 찾기 ·

## ★ 셀프 칭찬해~!

여유로움　도전적임　사랑스러움　단호함　친절함　귀여움

솔직함　자기 관리가 철저함　현실적임　당당함　씩씩함　호기심 많음

부지런함　사고가 유연함　과식 절제 가능　충동 절제 가능　긍정적임

친화적임　자유로운 영혼의 소유자　독립적임　가치 있음　낭만주의자

헌신적임　꼼꼼함　현명함

기타(　　　　　　　　　　　　　　　　　　)

## ★ 셀프 반성해~!

화를 잘 냄　후회 잘함　게으름　현실 도피　생각 과잉　호구

소심함　우울함　거짓말이 잦음　차가움　잘난 척함　충동적임

질투심 많음　불성실함　자기 불신　걱정이 많음　외모에 집착함　욕심 많음

공부가 싫음　비현실적임　고집불통　배려가 부족함　조바심

우유부단　친구 없음

기타(　　　　　　　　　　　　　　　　　　)

Hello, world!
we are minini.

천태만상 인간 세상에서 짱 먹을 거야.
일단 이생저생갖생 도전 좀 하고…….

Q. 가만히 누워 있어도 돈이 들어오면 좋겠나요?
A. 삐빅— 당신은 미니니입니다.
솔직, 과감, 욕망으로 가득한 이곳은 미니니 월드입니다.

## 레니니 (lenini)

혼자만의 감성 타임을 즐기면서도 외로운 건 싫은 미니니.
생각은 많지만 정작 행동으로 옮기지는 못해 후회도 많다.
샐리니가 폭주 모드일 때 말리고 싶어 하지만 성공한 적은 없다.
#INFP #프로낭만러 #집돌이 #변함없는표정

"감성 충만 I형
레니니, 어때?"

## 샐리니 (selini)

매사에 뒤돌아보지 않고 일단 지르고 보는 편인 미니니.
급우울해졌다가 금세 괜찮아지기도 하는 등
감정 롤러코스터를 탄다.
#ENFP #마이웨이 #식탐왕 #급발진

"먹보 샐리니,
어때?"

난 다음 생엔 새싹으로 태어날 거야!

♥혹시 네 마음으로 들어가도 되겠니?

내가 들어가고 싶은 마음은 누구의 마음?

오늘 to do list

22

일주일이 전부 빨간 날일 때, 나의 계획

잉간 미니니들은 연말이 되면 어떤 계획을 세워?

## ♥샐리니가 좋아하는 일은?

내가 좋아하는 일은 휴일밖에 없단 말이야! 잉간 미니니는 어때?

25

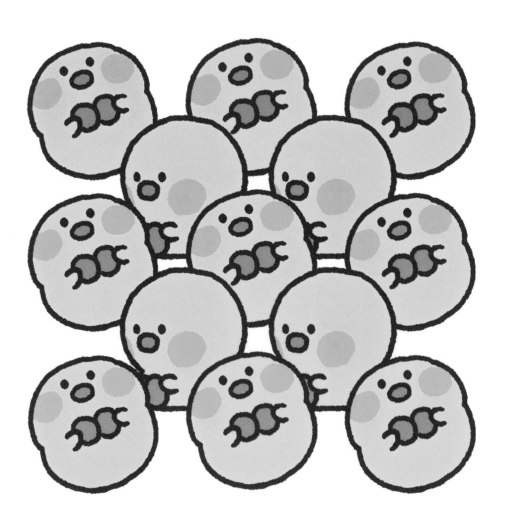

내 맘대로 샐리니를 꾸며 봤어!

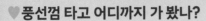
잉간 미니니들은 풍선 타고 여행하면 어떨 거 같아?

막힌 곳을 뚫어 기의 흐름을 좋게 한다.

레니니에게 무슨 일이 일어났을까?

♥ 나도 안경 주라

내가 그린 샐리니, 어때?

♥ 한때 이거 과몰입했지?

#컬링과몰입 #방구석올림픽

♥ **이래도 되는 걸까?**

이렇게 공부하기 싫어도 되는 거임? 샐리니도?

Ctrl+Z가 필요해…….

## 💜어디 한번 데려가 보시지

치카치카

어디 한번 데려가 보시지

36

근데 혹시 데려갈까 봐······ 준비는 다 해써!

이거 보고 생각나는 칭구 있다?!

## 💙 다음엔 어디로 가 볼까?

**나만 아는 봄 나들이 장소는?**

♥심심해?

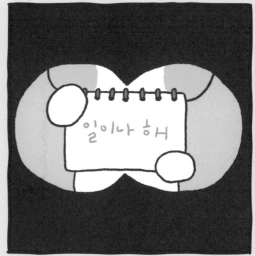

너나 해.

미니니 가 알려주는 부자 되는 법

### 1. 자판기 밑을 보세요

### 2. 공중전화 거스름돈을 확인하세요

누가 공중전화 씀 ㅋㅋ

### 3. 놀이터 그네 주변을 확인하세요

따.라.만.해.도 무조건 수.익.보.장 최대 500원

♥ 장마철 찰떡 공감

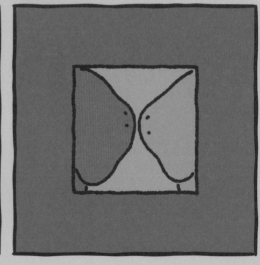

이런 날씨 완전 찹쌀떠억~!

♥샐리니~ chu~♡

마카롱 위에 chu~, 달콤하게 chu~♡

♥우리 사전엔 양보란 없어!

양보가 없어서 찌부된 고오집쟁이 미니니들

안녕? 내 이름은 제니니. 고양이를 닮았지만 고양이는 아니야.

새벽에 이유 없이 머리가 간지러웠다면……?

이제 그냥 도토리 아니고 도토리니니

♥해피 밸런타인

미니니 초콜릿 공장 샐리니-로쉐 예약 받습니다.

커피 수혈 들어가시겠습니다.

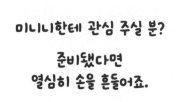

미니니한테 관심 주실 분?

준비됐다면
열심히 손을 흔들어요.

## 브니니 (bnini)

미니니들이 저지른 사고를 수습하는 트러블서포터 미니니.
브니니는 말을 할 수 있지만, 대체로 머릿속에서 하는
혼잣말이고 밖으론 거의 들리지 않는다.
#INTJ #트러블서포터 #조용한혼잣말 #해결사

"홀로 뛰는
브니니, 어때?"

## 코니니 (conini)

늘 바삐 계획을 세우고 있지만,
자세히 보면 계획적으로 걱정하고 있는 미니니.
계획에 차질이 생기면 예민해져서
미니니들과 종종 다투기도 한다.
#ENFJ(ENTJ) #열정만수르 #걱정도계획적으로 #극J성향

"열정 과다
코니니, 어때?"

**몰래 해야 제 맛?**

수학 여행 갔을 때, 선생님 몰래 한 건 무엇?

♥인싸가 멀 알아?

왜 혼자 있는 걸까?

♥ 샤워할 때 나는?

슬리퍼를 신는다? vs 안 신는다?

띵동~, 쿠폰 배달 왔습니다.

저 아직 덜 놀았는데요.

오늘 not to do list

1번 파란색, 2번 노란색, 3번 _____

다음 중 액체 제니니를 고르시오. (난이도 상)

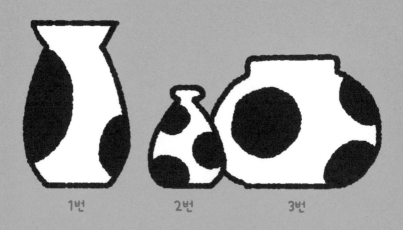

1번      2번      3번

정답은 다음 다음에!

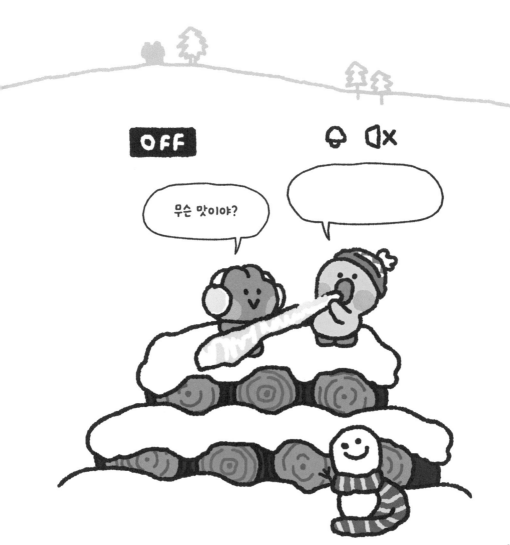

1번     2번     3번

정답은 1번!

# ♥나랑 놀아 줄 미니니 구함

♥가을 바람

날씨가 추운 날, 이불에서 이거 하니까 젤 좋아.

이름

본 잉간 미니니는
미니니의 둘도 없는 찐친으로서
서로를 아껴 주고 변함 없는
우정을 약속했음을 인증합니다♥

미니니월드 우정 인증 협회

미안 집에 굴이…… 아니 일이 있어서 못 나갈 거 같아.

♥귀차니니 샐리니 #1

누워 있지만 말고 일어나 보세용~.

♥미니니 MBTI #2

관리자형 미니니 분들에게 보고 드립니다.

해결할 수 없다면 나서지 말자.

장난하는 거 아니야! #헬린이 #3대몇?

♥꼭 짱이 돼서 머찐 미니니가 될 거야!

이게 맞아……?

코니니처럼 생각으로만 운동하는 잉간 미니니, 손?!

♥근무 시간에……

이어폰 꽂고 일하기: 된다? vs 안 된다?

대충 살자. 모자가 안 맞으면 뚫어 쓰는 코니니처럼……

♥다들 빙수 어떻게 먹어?

떠먹파 vs 섞먹파

♥파인애플 피자

우리는 불호. 샐리니, 너 다 먹어.

케이크 재료가 있었는데…… 아닌가?

♥ 그래, 이거면 됐어!

속도가 뭐가 중요해? 포기 안 하고 완주했으면 된 거야.

♥오늘도 평화로운 미니네 식탁

거봐, 이번엔 나 아니랬지? from. 샐리니

쿨쩍, 속았지?

## ♥샐리니의 결심

결심은 대단하나 끝은 삐약하리라…….

♥퇴근하자

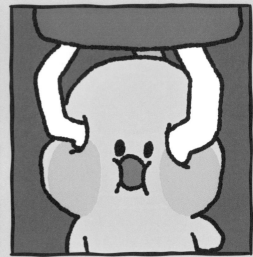

인형뽑기 알바하는 미니니 어떤데~.

봄을 깨우는 레니니의 봄비 댄스

잉간 미니니: 계획 있어요?
초니니: 없어요~!
잉간 미니니: 아! 있었는데?
초니니: 아니, 없어요. 그냥!

## 초니니 (chonini)

예쁜 것, 귀여운 것, 반짝이는 것을 좋아하는 미니니.
알 수 없는 미래보다 현실에 충실한 편이다. 엄청난 친화력의
친구 부자로, 처음 보는 미니니들을 소개해 주곤 한다.
#ESTP #YOLO #리액션부자 #친구부자 #인싸

"지금에 올인
초니니, 어때?"

## 보니니 (bonini)

트렌드에 민감하고 남들이 좋다는 건 다 따라 하는 미니니.
하지만 어딘가 촌스럽다. 미니니 친구들을 좋아하지만
자신을 귀찮게 할까 봐 티 내지 않고 속으로만 좋아하는 편이다.
#ISTJ #트렌드민감남 #요즘MZ세대는이래

"소심한 트민남
보니니, 어때?"

♥삶은 아이스크림……?

잡힐 것 같은데 잡히지 않는 아이스크림처럼
될 것 같은데 잘 되지 않는 나의 삶은 다섯 글자로?

♥이걸 보는 잉간 미니니들의 샤워 순서는?

순서는? _____

띵동~, 쿠폰 배달 왔습니다.

# 💙다시 돌아온 수면 양말의 계절

수면 양말은 겨울용? vs 1년 내내?

94

💙 비키세요! 이 자리는 이제 제 겁니다

1번

2번

3번

4번

이 중에서 제니니가 가장 좋아하는 자리는? 이거!

♥대머리 반~사

이 중에서 누가 더 너무하다고 생각해?

1번 반사시킨 샐리니
2번 확인사살 제니니
3번 그냥자는 보니니

💙다······ 줘야 하나?

이 상황 어떻게 해야 해?

photo

눈사람 앞에서 사진은 못 참지!

♥ 분명 방금 전까지 있었는데?

분명히 UFO가 있었는데?!

# ♥ 귀차니니 샐리니 #2

그렇게 해서 언제 다 닦을래?

# ♥ 이번에는 누가 잘못한 걸까?

테이블 위에 둔 코니니 잘못이다 vs 묻지도 않고 먹은 샐리니 잘못이다

ISTP, ISFP, ESFP, ESTP들 공통점 뭐게?

**♥지금 이걸 보는 당신**

척추 건강의
중요성과
수술 비용
5천만원

님 그렇게 앉다가 허리 박살남 ㅇㅇ

……!

당신의 척추는 안녕하십니까?

♥ 당신은 어쩌다 거북이가 되셨나요?

내가 아는 거북이들은?

♥빨리 눈 떠!

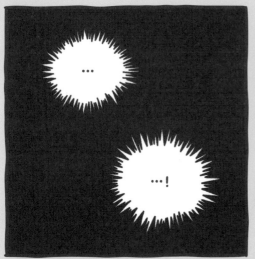

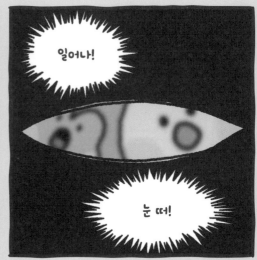

정신 차려!!! 급해!!! 빨리 눈 떠!!! 왜냐면……! 배고파.

♥ 늦었다고 생각할 때!

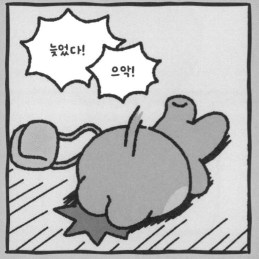

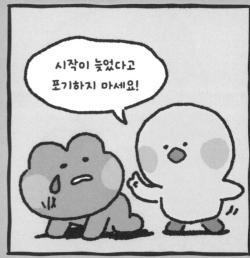

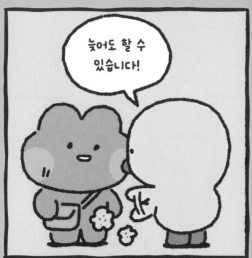

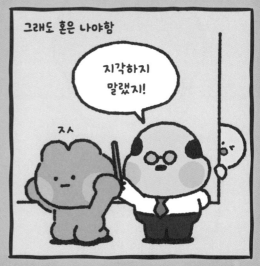

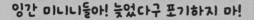

잉간 미니니들아! 늦었다구 포기하지 마!


end

♥ 먹지 마세요~

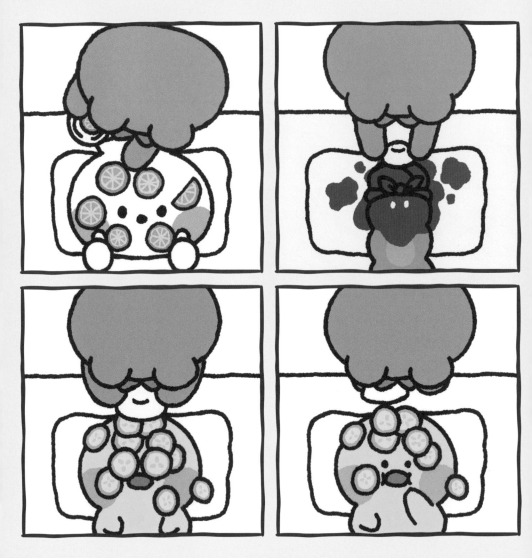

먹지 말고 피부에 양보하세요. 먹지 마시라고요!

# 제니니의 꾹꾹이 공장

반죽에…… 빨래까지…….

안녕? 내 이름은 팡니니. 판다를 닮았지만 판다는 아니야.

♥이거⋯⋯ 정상인가요?

끝도 없이 늘어나는데 정상인가요? (내공 100)

♥ 스마트폰 중독

마! 니 서마터폰 중독이다!

♥이런 날

잉간적으로 이런 날은 집에 있게 해 죠라!

♥피자 좀 먹자!

피자를 먹으려고 했는데요, 뭐 여기까지 와 버렸습다.

♥봄바람

엄마! 패딩 다시 꺼내 줘!

도전하지 마세요, 레니니를 찾아가세요.

세상살이 어차피
갓(진짜)생(힘들다)이라면

딱 맞춘 레니니처럼
거친 사회에 어떻게든
적응해 보자.

## 무니니 (moonini)

의도치 않게 일을 망치는데 도가 튼 미니니.
부정적인 결과도 좋게 생각하는 경향이 있다.
가끔 이해하지 못할 행동과 말을 하는데 정말 아무 이유가 없다.
#ENFP #어디로튈지모름 #엉뚱미 #머릿속꽃밭(긍정필터)

"무한 긍정
무니니, 어때?"

## 드니니 (dnini)

왜인지 친구들의 도구로 쓰이는 미니니.
늘려서 막대기, 말아서 공, 또는 열쇠나 연장 모양으로 만들면
꽤 유용하다. 사실 귀찮아서 누가 뭘 하든 신경 안 쓰는 편이다.
#ISTP #귀차니즘 #만능툴 #말랑콩떡

**"만능 도구
드니니, 어때?"**

♥ 내가 버리고 싶은 것은?

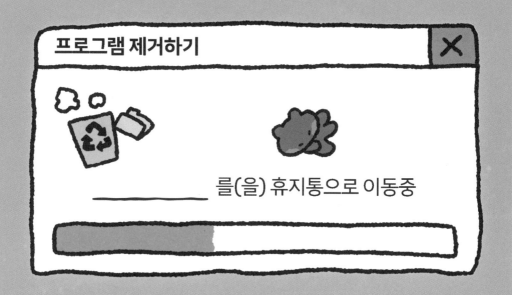

## 프로그램 제거하기 ✕

_____ 를(을) 휴지통으로 이동중

함께해서 즐거웠고 다신 보지 말자.

대충 살자. 이미 브니니가 내 몫까지 열심히 살고 있으니까.

띵동~, 쿠폰 배달 왔습니다.

# ♥붕어빵의 계절이 돌아왔다

잉간 미니니들은 붕어빵 어디서부터 먹어?

냉장고 안에 숨어 있는 미니니는?

♥ 샐리니 깨우는 꿀팁 알려드림

이 중에서 샐리니를 깨우는 가장 좋은 방법은? 이거!

# ♥ 귀는 크지만 잘 안 듣는 애

코니니, 지금 무슨 생각해?

## ♡말랑몰랑 똥배 사용법

## 💜보니니 무슨 머리 했게?

마음에 드는 스타일은?

나도 이런 사고, 셀프 수습해 봤어.

♥좋아! 자연스러웠어

오~, 순발력 샐리니

몸에 힘을 뺀다. 제니니는 뭐든지 할 수 있어!

솔직히 이런 일에까지 눈물 흘려 봤다!? #인프제 #인프피 #엔프피 #엔프제

너무 졸리네. 딱 10분만 잘까?

# 냉장고 안에 있었으면 괜찮아

음식을 향한 샐리니의 큰 그림

시험 기간 특: 공부하는 시간보다 다짐하는 시간이 더 김.

♥ **Face ID**

잠금이 해제되었습니다

너무 귀여워도 페이스 아이디 안 열릴 수 있는 거지?

♥이 소라빵은?

이제 바로 제 껍니다. #소라빵강탈사건

♥케이크가 있었는데요

아~! 아직 잘 있네요.

제니니가 제니니했다.

# 💙 드니니는······? #1

**만능이다.**

제니니 액체설

웃추추 웃추추! 어차피 패션은 자신감이다.

최초 공개! 드니니의 워라벨 비결

...... 핫초코 레니니

# ♥비 오는 날

비 오는 날엔 젖은 제니니를 조심하세요.

♥ 다이어트

다이어트도 밥심이다.

♥ **지독한 집돌이에게 여행이란**

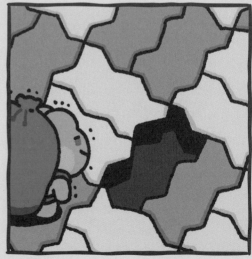

이래서 이불 밖은 위험하다니까······.

안녕히 계세요, 여러분~

미니니는
이 세상의 모든 굴레와 속박을
벗어 던지고 행복을 찾아
어디로 갈까요?

## · My Goal ·

목표를 향해 나아가는 잉간 미니니 이야기

★ 내가 바라는 나의 모습

★ 지금의 나의 모습

★ 6개월 후 나의 모습

★ 1년 후 나의 모습

# · 내가 지키고 싶은 하루 ·

## ★ 하루 생활 계획표

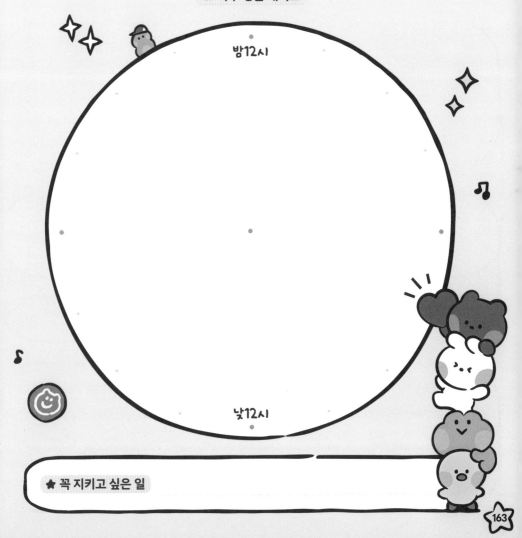

밤12시

낮12시

## ★ 꼭 지키고 싶은 일

# · 목표 설정 Tip ·

잉간 미니니들! 매년 새로운 목표를 세우고 있지? 어떤 목표는 이루어지기도 하고, 또 어떤 목표는 하나도 이루어지지 않는 것도 있어. 어떻게 하면 목표를 무사히 이룰 수 있을까?

## ★ STEP 1. 목표를 설정하고 다시 한번 체크해 보자

☆ 나의 목표가 분명하고 구체적인 것인가? ☐

☆ 목표를 위해 필요한 것을 파악했는가? 그것이 나에게 가능한 일인가? ☐

☆ 목표로 정하게 된 동기가 있는가? ☐

☆ 목표를 이루었을 때 보상이 충분한가? ☐

☆ 목표를 이루기 위한 구체적인 시간 계획을 세웠는가? ☐

## ★ STEP 2. 목표를 설정했다면 충분히 몰입하자.

목표에는 단기 목표와 장기 목표가 있다. 두 가지의 목표는 목표를 달성하기까지의 시간이 다를 뿐이지 목표를 이루기 위한 노력의 범위가 달라지는 것은 아니다. 목표를 위해서는 지속적인 몰입 시간과 노력이 필요하다. 높은 몰입도를 보인다면 목표 달성의 기회는 당연히 높아지게 된다.

## ★ STEP 3. 목표 달성 정도를 체크해 보자.

목표를 이루기 위해서 열심히 노력하고 있다면 나의 목표가 어느 정도 달성이 되었는지 중간 점검하는 시간이 필요하다. 아래 달성도를 보며 나는 어디에 해당하는지 표시해 보자.

☆ 기대보다 훨씬 높은 목표 달성 성취가 보인다.                    ☐

☆ 기대에 비해 약간 높은 목표 달성 성취가 보인다.                ☐

☆ 기대와 목표 달성 성취가 같다.                                ☐

☆ 기대에 비해 약간 낮은 목표 달성 성취가 보인다.                ☐

☆ 기대보다 매우 낮은 목표 달성 성취가 보인다.                   ☐

중간 점검까지 마쳤으면 내가 목표를 이루기 위해 어느 정도 노력을 했고 언제쯤 목표 달성이 가능할지 예측할 수 있다.

**LINEFRIENDS**

# 인간 세상에서
# 짱이되쟈!

**1판 1쇄 인쇄** 2023년 8월 18일
**1판 1쇄 발행** 2023년 8월 28일

**발행처** | (주)서울문화사 **발행인** | 심정섭
**편집인** | 안예남 **편집장** | 최영미
**편집** | 조문정 **디자인** | 권규빈
**브랜드마케팅** | 김지선 **출판마케팅** | 홍성현, 김호현
**제작** | 정수호
**출판등록일** | 1988년 2월 16일 **출판등록번호** | 제 2-484
**주소** | 서울특별시 용산구 새창로 221-19(한강로2가)
**전화** | 02-791-0708(구입), 02-799-9171(편집)
**팩스** | 02-790-5922
**출력** | 덕일인쇄사 **인쇄처** | 에스엠그린

**ISBN** 979-11-6923-813-7 (04810)

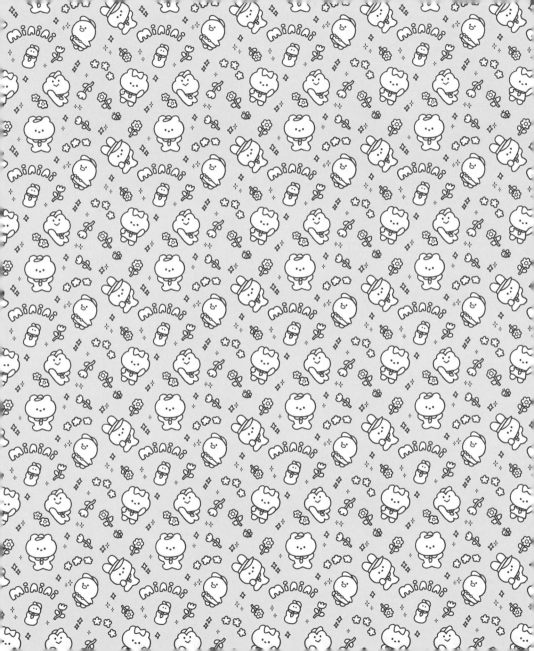

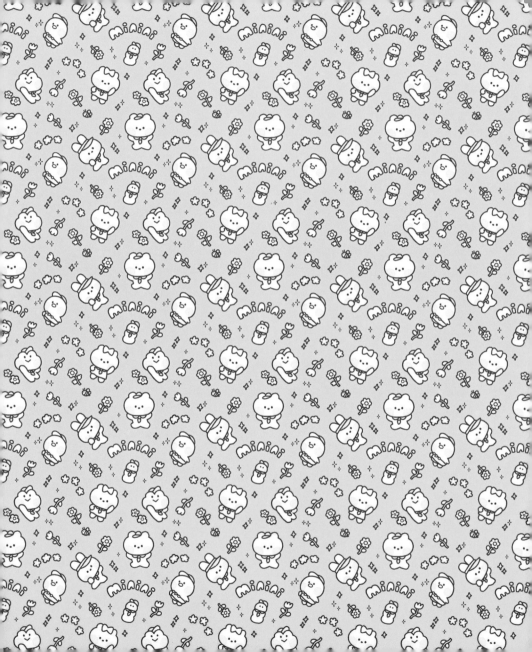

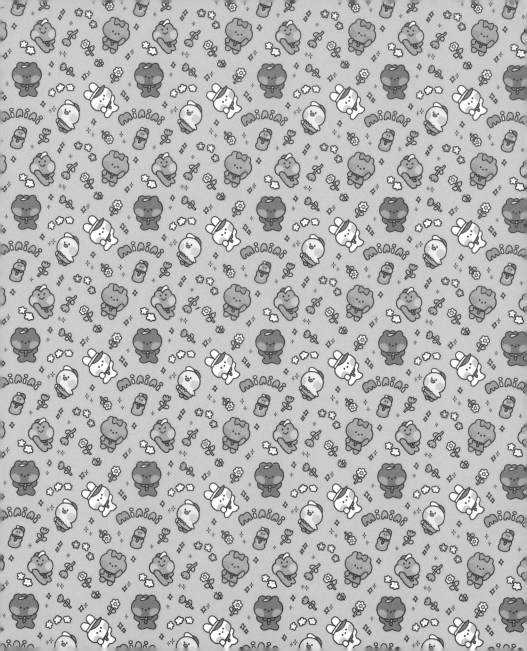